Teàrlag agus na Crùbagan

MARIE C. NICAMHLAIGH

Na dealbhan le **ROBIN BANS**

Teàrlag
agus na Crùbagan

Le gaol
Maire +
Robin p.

do
Alessandro agus Aurelio
Gum bi slige nur pòcaid an-còmhnaidh
agus gainmheach eadar ur n-òrdagan. MCNA

agus do
Anthony, Martin, Rosaleen agus Louise
Ceud taing airson na thug sibh dhomh. RB

Air fhoillseachadh ann an 2014 le Acair Earranta,
An Tosgan, Rathad Shìophoirt, Steòrnabhagh, Eilean Leòdhais HS1 2SD

www.acairbooks.com   info@acairbooks.com

Tha còraichean moralta an ùghdair/dealbhaiche air an daingneachadh.

Na dealbhan le Robin Bans
An dealbhachadh agus an còmhdach le Mairead Anna NicLeòid

Gheibhear clàr catalogaidh airson an leabhair seo bho Leabharlann Bhreatainn.

Chuidich Comhairle nan Leabhraichean am foillsichear le cosgaisean an leabhair seo.

Thug Roinn Foghlaim Chomhairle nan Eilean Siar cuideachadh leis an leabhar.

Tha Acair a' faighinn taic bho Bhòrd na Gàidhlig.

Clò-bhuailte le J. Thomson Colour Printers, Glaschu

ISBN/LAGE 978-0-86152-552-2

"Dè an onghail a tha siud air an staidhre?" smaoinich Teàrlag rithe fhèin agus i dìreach a' dùsgadh air madainn bhrèagha. Bha a' ghrian a' deàrrsadh a-steach air uinneag an rùm aice.

Ach ann am mionaid dh'fhosgail doras an rùm agus leum a dà
phiuthar, Catrìona agus Eilidh, a bhroinn an rùm. Thug Eilidh leum
aiste air muin leabaidh Teàrlaig. Bha Catrìona na bu shocaire.
Uill, is i a b' aosta, agus cha robh i idir, idir cho luasganach ri Eilidh.
Thàinig Dadaidh a-steach air an cùlaibh.

"Tha sinne a' falbh dhan sgoil ann am mionaid
no dhà agus thàinig sinn a ràdh tìoraidh riut,"
thuirt Catrìona.

"Carson?" dh'fhaighnich Teàrlag. "Càit a bheil sibh a' dol?"

"Ò, a Theàrlag," ars an dithis aca còmhla, "chan e sinne a tha falbh ann – 'eil cuimhn' agad idir? Tha thusa a' falbh an-diugh airson saor-làithean còmhla ri Papa agus Granaidh agus chan eil an sgoil againne a' dùnadh gu Dihaoine, agus chan fhaic sinn thu gu Disathairne – tha sin còig oidhcheannan. 'S e a-nochd oidhche Dhiluain agus tha oidhche Dhimàirt, oidhche Dhiciadain, oidhche Dhiardaoin agus oidhche Dhihaoine ri dhol seachad mus tig an dithis againne agus Mamaidh agus Dadaidh gu taigh Papa agus Granaidh airson saor-làithean."

Thilg Teàrlag an t-aodach leapa aice agus leum i fhèin a-mach às an leabaidh. Abair thusa gun robh i air a dòigh. Chuimhnich i gun robh Mamaidh air innse dhi gun robh Papa a' tighinn air a tòir agus gun robh i gu bhith còmhla ri Papa agus Granaidh, na h-aonar, gun Catrìona agus Eilidh, airson CÒIG latha! Abair thusa gun robh fois gu bhith aice, agus spòrs gu leòr.

Chuala iad guth Mamaidh ag ràdh, "Siuthadaibh, canaibh tìoraidh ri Teàrlag agus thigibh a-nuas anns a' bhad – tha agaibh ri falbh dhan sgoil."

Thoisich Eilidh ag èigheachd,
"Tìoraidh, Teàrlag, tìoraidh,
tìoraidh," agus a' tilgeil phògan
le a làimh. Chuir Catrìona a dà
ghàirdean timcheall air Teàrlag
agus thog i suas bhon làr i agus
thug i pòg dhi. "Chì mi thu
Disathairne agus tha mi 'n dòchas
gum bi tòrr mòr spòrs agad."
Thug Dadaidh pòg dhi cuideachd,

agus thuirt e gun robh e an dòchas gum biodh lathaichean math aice còmhla ri Papa agus Granaidh. Agus le sin dh'fhalbh an triùir aca nan ruith sìos an staidhre agus a-mach air an doras.

Chaidh Teàrlag sìos an staidhre beagan air an cùlaibh agus chaidh i a-steach dhan chidsin far an robh Mamaidh, agus shuidh i sìos aig a bracaist.

"Cuin a tha Papa a' tighinn air mo thòir?" dh'fhaighnich Teàrlag.

"Tha dùil agam gum bi e an seo mu uair feasgair," thuirt Mamaidh. "Tha ùine gu leòr againn d' aodach agus rudan eile a chur ann am baga. Dìreach na nì a' chùis dhut airson nan còig latha, agus bheir sinne tuilleadh aodaich leinn Disathairne. Nuair a dh'itheas tu do bhracaist bheir sinn sùil air na rudan air am bi feum agad air na saor-làithean. Tha am baga agad air an làr anns an rùm-suidhe."

Nuair a bha Teàrlag deiseil dha bracaist, chaidh an dithis aca a-steach dhan rùm, far an robh am baga beag dathte air chuibhlichean air an làr ri taobh an t-sòfa. Air an t-sòfa bha deise-snàimh, bucaid, spaid, cruth crosgaig plastaig, speuclairean-grèine, inneal beag airson dvd agus leabhar no dhà.

"Tiugainn a-nis," arsa Mamaidh, "agus gabhaidh tu fras agus cuiridh tu ort aodach a bhios cofhurtail ort anns a' chàr air an turas gu taigh Papa agus Granaidh." Chuidich Mamaidh Teàrlag às dèidh sin a' cur oirre: dreasa bheag soilleir pinc le tòrr mòr dhealbhan oirre,

11

briogais bheag ann an dath dorcha pinc, seacaid bheag snàth agus brògan-cleasachd le stocainnean dathte.

Ta-rà!

13

"Chan eil feum agad air seacaid bhlàth ach cuiridh mi an anarag agad ann an càr Papa gun fhios nach bi thu fuar." An uair sin chìr Mamaidh falt Teàrlaig agus chuir i ribinn pinc agus purpaidh ann. Abair thusa gun robh Teàrlag a' coimhead spaideil!

Bha Teàrlag air bhioran a' feitheamh ri Papa agus bha i a' ruith bho uinneag gu uinneag a' lorg a' chàr aige a' tighinn a-nuas an rathad. Mu dheireadh thall chuala iad fuaim càr air an staran.

Thàinig Papa a-steach agus abair thusa gun robh Teàrlag air a dòigh. Thog Papa i suas cho àrd agus gun robh dùil aice gun robh i dol a bhualadh ann am mullach an rùm. Bha an dithis aca ag èigheachd agus a' gàireachdaich. Bha Teàrlag a' leumadaich sìos agus suas. "Greas ort, Papa, tiugainn a-nis — seall, tha a h-uile dad deiseil aig Mamaidh anns a' bhaga."

"Air do shocair, a Theàrlag," arsa Mamaidh. "Feumaidh Papa suidhe sìos airson greis bheag agus cupan teatha a ghabhail — cuimhnich gu bheil aige ri dràibheadh air ais mu dhà uair a thìde."

Co-dhiù, cha b' fhada gus an robh iad air an rathad. Bha Teàrlag ann an cùl a' chàr ann an sèithear beag sònraichte dhi fhèin. Bha i gu math dòigheil, is leabhraichean gu leòr aice agus dvd airson a bhith coimhead cartùn. Thuit i na cadal greis, agus an uair a dhùisg i thuirt Papa nach robh fada sam bith aca ri dhol a-nis ach gun robh e a' dol a stad a' chàr airson fòn a chur gu Granaidh a dh'innse dhi gun robh iad gu bhith aig an taigh.

Nuair a ràinig iad bha Granaidh aig an doras a' feitheamh agus bha gàire mhòr air a h-aghaidh. Thàinig i agus dh'fhosgail i doras a' chàr agus thug i Teàrlag a-mach às an t-sèithear.

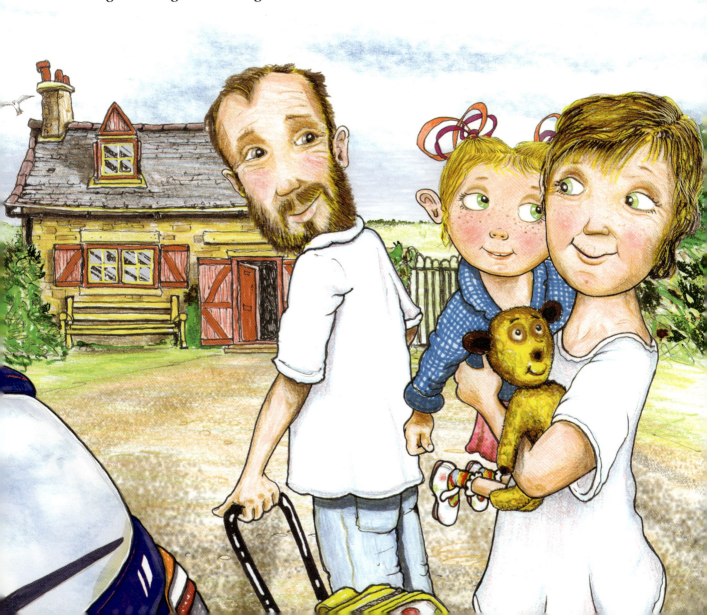

Abair thusa gun d' fhuair Teàrlag fàilte mhòr bho Ghranaidh. Bha Teàrlag sgìth agus bha Papa sgìth cuideachd. Bha am bòrd aig Granaidh air a sheatadh airson biadh leis a h-uile rud air an robh Teàrlag uabhasach dèidheil. Bha pìosan circe air, buntàta, peasairean, tomàtothan beaga bìodach agus sùgh orains. Ach thug Granaidh i dhan rùm-ionnlaid airson a làmhan agus a h-aodann a nighe mus suidheadh i sìos aig a' bhòrd.

Bha Teàrlag air a dòigh ann an taigh Papa agus Granaidh. Bha an taigh ri taobh a' chladaich agus bha e làn chùiltean. Bha e furasta falach air cùlaibh iomadach being agus ciste-dhràthaichean.

Bha Papa air a bhith aig muir agus bha an taigh loma-làn de chuimhneachain a bha e air a thoirt dhachaigh à puirt air feadh an t-saoghail. Air sgeilpichean anns an rùm-còmhnaidh bha ìomhaighean beaga dè bhàtaichean, sligichean, acairean beaga, taighean-solais, combaist agus iomadach rud eile. Air bòrd beag anns an uinneig bha prosbaig, agus seo far an robh Papa a' cur seachad iomadach uair a' coimhead nam bàtaichean agus na gheataichean anns a' chaladh. Mar a thigeadh tu a-steach air

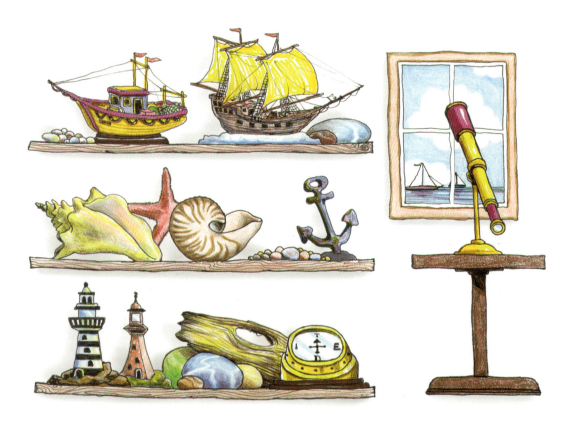

an doras-cùil bha sguilearaidh bheag le mapaichean agus clàran
air a' bhalla. Bha bòtannan mòra uaine agus ròpan air an làr.
Air cromag air a' bhalla bha oilisgin buidhe agus bonaid sou'wester.
Air balla eile bha glainne-sìde, agus a h-uile madainn bhiodh Papa
ag innse dha Granaidh cò ris a bha an t-sìde gu bhith coltach.

  Bha Granaidh seachd sgìth dhan seo, on a bha fios aice fhèin
ciamar a leughadh i a' ghlainne-sìde!

Nuair a ghabh iad am biadh agus a sgioblaich Granaidh am bòrd, shuidh iad aig an teine agus bha iad ùine bheag a' cluich còmhla ri Teàrlag. Thàinig e gu àm-cadail agus thuirt Papa rithe gun robh latha uabhasach inntinneach gu bhith roimhpe a-màireach agus gum feumadh i dhol dhan leabaidh. Bha Teàrlag air a dòigh. "Càit a bheil sinn a' dol, Papa?" ars ise. "Càit a bheil thu ag iarraidh a dhol?" arsa Papa.

"Tha mise airson a dhol sìos dhan an tràigh," fhreagair Teàrlag.

"Uill, 's e sin a nì sinn, agus tha spòrs gu bhith againn: tha mise a' dol a shealltainn dhut ciamar a bhios tu ag iasgach airson chrùbagan."

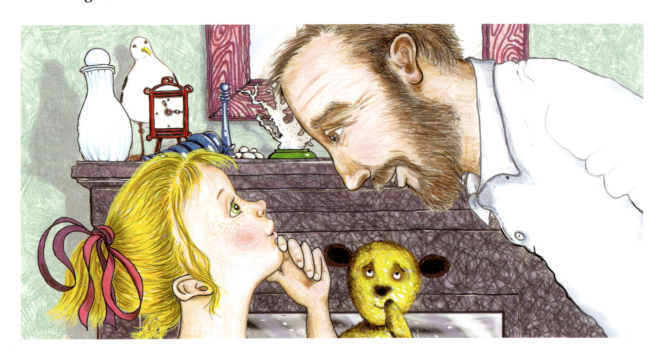

An ath latha, às dèidh bracaist, chaidh Teàrlag agus Papa sìos dhan an tràigh. Thug iad leotha bucaid, spaid agus cruth crosgaig plastaig airson cluich anns a' ghainmhich. Thog Papa lìon beag. Bha Teàrlag air bhoil. Nuair a ràinig iad a' ghainmheach, thilg Teàrlag dhith a brògan agus thoisich i a' ruith air a' ghainmhich. Siud i na leum sìos dhan mhuir, agus bha i a' sgiamhail agus a' sgreuchail nuair a chaidh am muir fuar thairis air a h-òrdagan.

Thòisich i fhèin agus Papa a' dèanamh caisteal gainmhich agus rinn Teàrlag cruthan crosgaig timcheall air a' chaisteal.

"Tiugainn a-nis agus seallaidh mi dhut ciamar a gheibh thu crùbagan."

"Dè a th' ann an crùbagan, Papa?" arsa Teàrlag.

"Fuirich mionaid no dhà agus chì thu," fhreagair Papa. Fhad 's a bha Teàrlag a' cluich timcheall a' chaisteil gainmhich, thug Papa pìos ròp a-mach às a phòcaid, pìos mu mheatair a dh'fhaid. Thog e clach bheag bhon an tràigh agus chuir e a' chlach na phòcaid. Thug e sgian bheag às a phòcaid agus dh'fhosgail e an sgian gu math cùramach. Chaidh e an uair sin a-null gu creig agus gu faiceallach bhrist e bàirneach bhon chreig leis an sgian. Shuidh e sìos air clach mhòr agus dh'èigh e air Teàrlag, agus thàinig ise na ruith. "Dè a tha thu a' dèanamh?"

"Suidh ri mo thaobh air a' ghainmhich agus seallaidh mi dhut," thuirt Papa. Thug e a' chlach a-mach às a phòcaid agus chuir e an ròp timcheall air a' chloich le snaidhm mu leth-mheatair sìos air an ròp. Bha seo airson gun cuireadh a' chlach cuideam air an ròp. Thug e am biadh às a' bhàirneach agus rinn e toll anns a' bhàirneach leis an sgian, agus chuir e am pìos dhan ròp a bha ri taobh na cloich tron bhàirneach agus rinn e snaidhm eile. Rinn e lùb air taobh eile an ròp. "Seo a-nis – tha sinn deiseil airson grèim fhaighinn

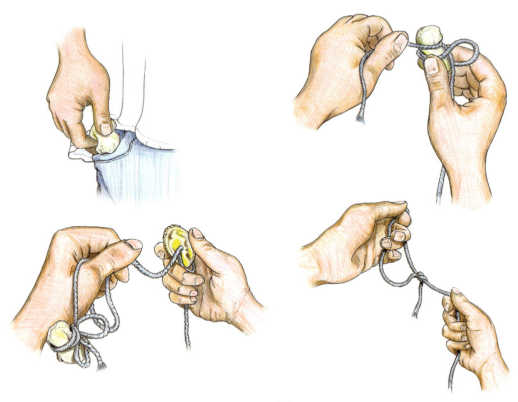

air crùbagan." Chuir Papa an lùb timcheall air caol an dùirn aig
Teàrlag. "Seall far a bheil an lòn beag aig bonn nan clachan sin,"
arsa Papa. "Uill, suidhidh sinn ann an seo agus cuir thusa am
bàirneach sìos dhan uisge. Cumaidh a' chlach cuideam air an ròp,
agus nuair a ghreimicheas a' chrùbag ris a' bhàirneach slaod an ròp
agus thig na crùbagan a-mach."

Cha robh e fada sam bith gus an robh grèim aig crùbag air
a' phìos bàirnich, agus shlaod Teàrlag an ròp. Mo chreach-sa thàinig!

Nach ann a thàinig sia no seachd crùbagan a-mach bhon chloich nan sreath! Cha robh Teàrlag air crùbagan fhaicinn a-riamh na beatha agus cha robh fios aice dè bha i a' dol a dhèanamh. "O, Papa, tha eagal orm gu bheil na crùbagan a' dol a dh'ith m' òrdagan!"

"Chan ith," thuirt Papa rithe, "tha thu ceart gu leòr." Thòisich Teàrlag a' ruith agus abair thusa sealladh èibhinn! Bha grèim aig crùbag mhòr air a' phìos bàirnich aig ceann an ròp agus bha na crùbagan beaga eile nan ruith às a dèidh!

Ràinig iad cròileagan eile de chlachan agus thuirt Papa ri Teàrlag an ròp a leigeil às anns an uisge agus gun deigheadh na crùbagan air ais fo na clachan.

"Tha mise a' smaoineachadh gu bheil sin gu leòr spòrs airson an-diugh," thuirt Papa. "Agus tha mi an dùil gum bi Granaidh a' feitheamh oirnn aig an taigh. Ach an toiseach thèid mi fhìn agus tu fhèin dhan chafaidh bheag air an t-slighe dhachaigh agus gheibh sinn reòiteagan dhan an dithis againn, agus bheir sinn tè dhachaigh gu Granaidh."

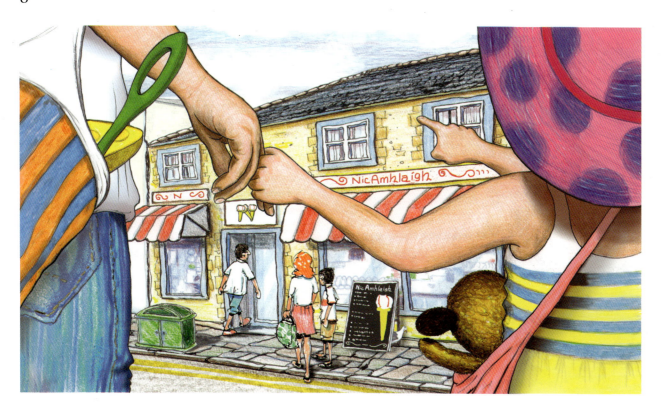

Nuair a ràinig iad dhachaigh bha Granaidh air an staran a' feitheamh riutha, agus shuidh an triùir aca air a' bheing ri taobh an taigh ag imlich nan reòiteagan. Bha Teàrlag, le cop mu beul, cha mhòr, ag innse dha Granaidh mu dheidhinn a h-uile rud a rinn i fhèin agus Papa shìos air an tràigh!

Am faca sibh faoileag mar seo anns an sgeulachd?
Feuch an lorg sibh naoi anns an leabhar!